Meu Barquinho de Papel © 2023
Escrito por Simão de Miranda e ilustrado por Vanessa Alexandre
1ª edição – Outubro 2023

Editora e Publisher
Fernanda Emediato

Projeto gráfico e Diagramação
Alan Maia

Ilustrações
Vanessa Alexandre

**DADOS INTERNACIONAIS DE CATALOGAÇÃO NA PUBLICAÇÃO (CIP)
(CÂMARA BRASILEIRA DO LIVRO, SP, BRASIL)**

de Miranda, Simão
   Meu Barquinho de Papel / Simão de Miranda; ilustrado por Vanessa Alexandre. -- São Paulo : Asas Editora, 2023.
   24 p. : il. : 23cm x 23cm.

   ISBN: 978-65-85096-14-0

   1. Literatura infantojuvenil I.
II. Título.

23-164563   CDD-028.5

Índices para catálogo sistemático:
1. Literatura infantil   028.5
2. Literatura infantojuvenil   028.5

Tábata Alves da Silva – Bibliotecária – CRB-8/9253

Todos os direitos reservados para esta edição.

Impresso no Brasil
Printed in Brazil

PARA ESTHER E THEO,
MEUS SOBRINHOS CUJOS SONHOS
SINGRAM OCEANOS.
PARA JÚLIA DE MIRANDA,
MINHA FILHA, MEU SONHO.

SIMÃO DE MIRANDA

Ilustrado por
VANESSA ALEXANDRE

MEU BARQUINHO DE PAPEL

MEU BARQUINHO DE PAPEL
BRAVAMENTE VELEJA

NAS CORRENTEZAS DA CHUVA,
OU NUMA POÇA QUE SEJA.

ENGANA-SE QUEM ACHAR
QUE É O VENTO QUEM O MANEJA.

MEU BARQUINHO DE PAPEL
NÃO SE DEIXA LEVAR,

FAZ SEU PRÓPRIO CAMINHO.

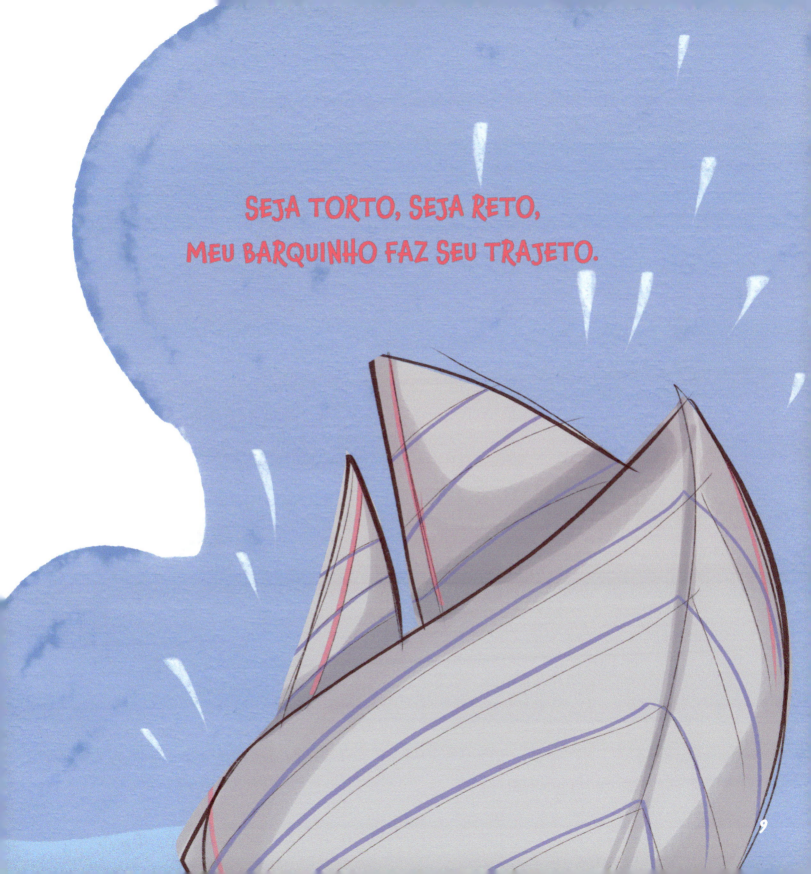

POIS MEU BARQUINHO LIGEIRO
É UMA FORTE CARAVELA,

MAS SE, POR OBRA DO DESTINO,
MEU BARQUINHO AFUNDAR

E AGORA, PEGUE UMA FOLHA DE PAPEL

1. DOBRE UMA FOLHA A4 AO MEIO

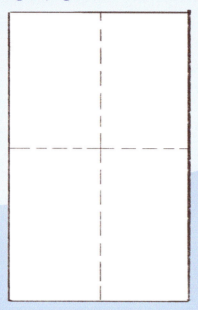

2. DOBRE AO MEIO DE NOVO NA VERTICAL

3. DESDOBRE

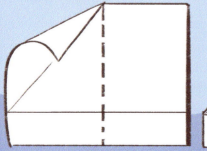

4. TRAGA AS BORDAS SUPERIORES PARA O MEIO

5. DOBRE A FENDA ABAIXO PARA CIMA DE CADA LADO

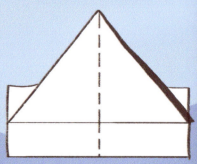

SIGA AS INSTRUÇÕES, CONSTRUA UM BELO BARQUINHO E COLOQUE SEUS SONHOS PARA NAVEGAR TODOS OS MARES DA SUA IMAGINAÇÃO.

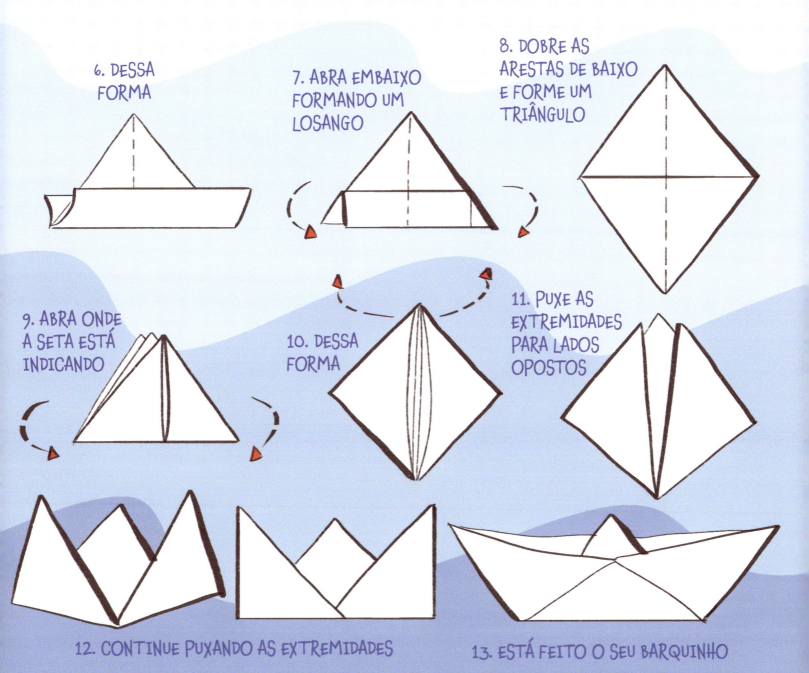

SOBRE O AUTOR

Simão de Miranda mora em Brasília e é apaixonado por livros e leituras desde criança. Já foi professor de crianças e jovens e atualmente ensina para adultos. Seu trabalho como professor e escritor o levou a viajar por todos os estados do Brasil e por outros países, como Argentina, Cuba, Portugal, Cabo Verde e São Tomé e Príncipe. Simão já publicou mais de 70 livros pra ajudar professores a aprimorarem suas práticas pedagógicas e proporcionar diversão e felicidade às crianças. Tem obras traduzidas para vinte e dois países, adora visitar escolas para encontrar crianças que leem seus livros, contar suas histórias e conversar sobre a magia dos livros e da leitura.

Talvez, quem sabe, um dia você tenha a oportunidade de encontrá-lo em sua escola e compartilhar um momento de leitura.

Se quiser saber mais, visite www.simaodemiranda.com.br para conhecer sua biografia completa, obras publicadas no Brasil e no exterior e outras atividades que realiza, assim como seu canal www.youtube.com/simaodemiranda, para assistir suas histórias narradas por ele e outros conteúdos, que com certeza você vai gostar.

SOBRE A ILUSTRADORA

VANESSA ALEXANDRE nasceu e vive em São Paulo. Trabalha há mais de catorze anos no mercado editorial como autora e ilustradora infantojuvenil para editoras no Brasil, Estados Unidos e Europa, além de ilustrar materiais didáticos e desenvolver conteúdo para campanhas publicitárias. Participou de exposições como Cow Parade e Football Parade, foi uma das artistas selecionadas para a 3ª Edição da exposição Refugiarte, promovida pela ACNUR (agência dos refugiados da ONU), e foi selecionada para a edição de Nova York da Jaguar Parade. Além disso, realiza oficinas literárias e atividades sobre ilustração em escolas por todo o Brasil, implementando atividades para alunos e professores em eventos como a Jornada da Educação de SP, Feira do Livro de Porto Alegre, Feira do Livro de Araras, Bienal do Livro, e promovendo atividades de educação inclusiva.

Saiba mais: www.vanessaalexandre.com.br